Mouvements littéraires | numéro 1

BAROQUE, PRÉCIOSITÉ ET BURLESQUE

— Quand l'instabilité s'empare des lettres françaises

par Fabienne Gheysens

50MINUTES

50MINUTES

CULTIVEZ-VOUS
SANS MODÉRATION !

50MINUTES
Artistes | numéro 1
LE CARAVAGE
ET LES JEUX DE LUMIÈRE
L'enfant terrible du baroque italien

William Shakespeare
Le romantisme
Gustav Klimt
Eugène Delacroix
Victor Hugo

www.50minutes.com

BAROQUE, PRÉCIOSITÉ ET BURLESQUE

- **Quand et où ?** Le baroque voit le jour à la fin du xvie siècle en Italie et se répand ensuite dans le reste de l'Europe, touchant tous les domaines artistiques (architecture, sculpture, peinture et littérature). Il perdure en France jusqu'au milieu du xviie siècle, mais le baroque européen se poursuit jusqu'au milieu du siècle suivant.
- **Contexte ?** La naissance du baroque intervient à la fin de la Renaissance, à une période particulièrement troublée par les conflits religieux entre catholiques et protestants.
- **Caractéristiques ?** En littérature, le baroque, en écho aux bouleversements de l'époque, exprime une vision du monde assez pessimiste. Il développe un goût marqué pour l'instabilité, le mouvement, la métamorphose, l'illusion (théâtrale en particulier), les contrastes et le mélange des genres. Variantes du baroque en France, la préciosité recherche la distinction du langage et des sentiments, tirant cette esthétique vers plus de galanterie, tandis que le burlesque prend au contraire le parti de la vulgarité et donne dans le réalisme exacerbé afin de faire rire.
- **Principaux représentants ?** Agrippa d'Aubigné (1552-1630), Pierre Corneille (1606-1684) et Honoré d'Urfé (1567-1625) pour le baroque ; Vincent Voiture (1597-1648) et Madeleine de Scudéry (1607-1701) pour la veine précieuse ; Théophile de Viau (1590-1626), Saint-Amant (1594-1661) et Paul Scarron (1610-1660) pour la veine burlesque.

Le xviie siècle a longtemps été considéré, dans l'histoire de la littérature française, comme le siècle de la perfection. Sous Louis XIV (1638-1715) s'épanouit l'art littéraire clair et mesuré que l'on considère le plus approprié pour illustrer le « génie français » : le classicisme. Ainsi, dit-on, François de Malherbe (1555-1628), Nicolas Boileau

(1636-1711) ou encore Jean Racine (1639-1699) ont péniblement extirpé la langue et les techniques poétiques françaises du marasme baroque qui les précédait, *barroco* signifiant « perle irrégulière », et donc imparfaite.

En réalité, le concept même de baroque est une construction péjorative établie *a posteriori*, au XXe siècle, et dans laquelle on trouve tout ce que le classicisme rejette : le goût de l'exagération, des extrêmes et des opposés. En effet, le terme même de « baroque » appartient à l'époque à la joaillerie, ne signifiant donc rien pour un auteur du XVIIe siècle. En outre, contrairement à ce que l'on pense, le baroque n'a pas soudainement disparu lorsque la monarchie absolue a fait ses premiers pas sur la scène politique française : les échanges entre les esthétiques baroque et classique ont été incessants, Racine lui-même faisant même appel, à l'occasion, à la stylistique baroque.

Le baroque littéraire ayant été redécouvert tardivement, en faire un panorama concis est difficile : aujourd'hui encore, des auteurs baroques émergent de l'oubli. De plus, il faut éviter les généralisations trop vastes : se contenter d'évoquer une lutte intemporelle entre un esprit baroque dynamique et un esprit classique statique est réducteur. C'est parce qu'il revêt de multiples facettes que le baroque est si attrayant.

CONTEXTE

RÉFORME ET CONTRE-RÉFORME

Le XVIe siècle est le théâtre de nombreux changements. La fin du siècle précédent a été marquée par l'invention de l'imprimerie par Gutenberg (vers 1397-1468) et par la découverte de l'Amérique par Christophe Colomb (vers 1451-1506). Ces deux avancées majeures suscitent une vaste remise en question des dogmes du Moyen Âge et bouleversent profondément la vision du monde de chacun.

Au même moment, au début du XVIe siècle, un théologien allemand, Martin Luther (1483-1546) défie l'autorité de l'Église catholique en publiant ses 95 thèses dénonçant les abus du clergé et de la papauté, notamment le commerce des indulgences. Considérant la Bible comme la seule source d'autorité religieuse, il prône un retour aux sources de la chrétienté. Ce faisant, il lance le mouvement de la Réforme, qui donne naissance au protestantisme : l'Église est désormais divisée entre les protestants et les catholiques. Ceux-ci tentent de contrer l'avancée du protestantisme en lançant à leur tour, à la suite du concile de Trente (1545-1563) une Contre-Réforme, afin de raffermir l'emprise du catholicisme sur la population. Pour rendre à l'Église son prestige d'antan et toucher les fidèles, la Contre-Réforme utilise et encourage l'esthétique baroque, née en Italie dans la deuxième moitié du XVIe siècle. L'art baroque s'illustre tout d'abord en architecture, puis en peinture. Face à l'austérité protestante, il apparaît grandiloquent et excessif, tout en courbes et en mouvements.

LA SITUATION DIFFICILE DE LA FRANCE

En France, la naissance du protestantisme donne lieu aux guerres de religion, qui opposent catholiques et protestants (appelés « huguenots ») de 1562 à 1598. Ces conflits, d'une violence inouïe, sonnent le glas de l'optimisme humaniste hérité de la Renaissance, qui plaçait l'homme au centre de toutes choses et croyait en sa capacité à s'améliorer. Désormais, les certitudes s'évanouissent, l'heure est à l'angoisse et au désarroi, et l'homme se sent perdu, incapable de démêler le vrai du faux. La littérature baroque se fait alors le reflet de cet état d'esprit particulièrement sombre.

En 1598, Henri IV (1553-1610) promulgue l'édit de Nantes qui, mettant un terme aux guerres de religion et reconnaissant la liberté de culte en France, apaise les tenions et ramène la paix dans le royaume. Après son assassinat, en 1610, le système de la monarchie absolue de droit divin se met peu à peu en place, d'abord avec le roi Louis XIII (1601-1643), aidé de Richelieu (1585-1642), puis avec la régente Anne d'Autriche (1601-1666), aidée de Mazarin (1602-1661), et enfin avec Louis XIV (1638-1715), qui monte sur le trône en 1661. C'est sous le règne de ce dernier, surnommé le Roi-Soleil, que la politique de centralisation de l'Étatconnaît son apogée.

Mais cette évolution ne se fait pas sans heurts. En effet, le renforcement du pouvoir royal se fait au détriment des nobles, qui voient leur importance politique s'amoindrir. Tandis que le roi choisit ses ministres parmi les bourgeois, les aristocrates sont cantonnés dans les fonctions militaires ou ecclésiastiques. Malgré la Fronde (1648-1653), ultime tentative de la noblesse pour récupérer son influence, celle-ci finit bel et bien asservie sous Louis XIV, qui veillera durant tout son règne à la maintenir à l'écart de la politique.

<u>Religion et État, des liaisons dangereuses…</u>

À mesure que la monarchie absolue gagne du terrain, le catholicisme reprend le dessus et, en 1685, l'édit de Nantes est révoqué. Mais la religion catholique elle-même est parcourue de tensions, qui éclateront dans la deuxième moitié du XVIᵉ siècle, entre les jésuites et les jansénistes – ces derniers étant plus pessimistes quant à la possibilité pour l'homme d'être touché par la grâce divine. Ces deux ordres prenant une part active à l'éducation, on retrouve leur influence chez les auteurs baroques et classiques. D'autre part, le courant libertin qui se développe à la même époque prône une liberté de pensée et un épicurisme contrevenant au dogmatisme religieux nécessaire à la monarchie absolue, qui justifie son pouvoir par le principe de « droit divin ». Or les poètes baroques et burlesques font souvent partie de sociétés libertines secrètes.

LES SALONS ET LE MÉCÉNAT ROYAL

À partir du règne d'Henri IV, les nobles raffinés fuient la cour, qu'ils jugent vulgaire, pour se retrouver dans les salons féminins, par exemple celui de la marquise de Rambouillet (1588-1655), animé par le poète Vincent Voiture (1597-1648). Hommes et femmes de haute naissance y côtoient gens de lettres, et jouent à des jeux de société, se font des farces, organisent des concours de poèmes ou des pique-niques, commentent les débats linguistiques du moment, critiquent les poésies et romans à la mode ou encore écrivent, seul ou en groupe. Dans le célèbre hôtel de Rambouillet, notamment, les femmes imposent une galanterie raffinée qui donne naissance, en littérature, au courant précieux. Le deuxième salon le plus fameux est celui de Madeleine de Scudéry (1607-1701), plus littéraire encore, car la maîtresse de maison n'est autre que l'auteure des plus célèbres romans de l'époque. Ainsi, les salons deviennent le centre des discussions littéraires, et ce jusqu'au règne de Louis XIV.

Même si l'on a voulu voir une opposition entre nobles baroques et bourgeois classiques, il importe de rappeler que les salons étaient également ouverts à la bourgeoisie. Par ailleurs, beaucoup d'auteurs produisirent des œuvres tantôt baroques, tantôt classiques, à l'instar de Pierre Corneille (1606-1684). Cependant, en France, le roi reste le meilleur protecteur pour qui veut vivre de sa plume, surtout sous le règne du Roi-Soleil. Aussi le cardinal de Richelieu modifie-t-il le système du mécénat royal. Auparavant, un écrivain qui plaisait au roi recevait une pension ; dorénavant, il n'est gratifié que lorsqu'il écrit quelque chose qui plaît au roi. De plus, la création de l'Académie française, en 1634, sert à promouvoir les artistes choisis par la cour, à savoir ceux qui louent la grandeur de la France et du souverain dans un style simple et épuré où triomphe l'esprit rationnel : les bases du classicisme sont jetées.

CARACTÉRISTIQUES

UN MOUVEMENT EUROPÉEN ET TRANSVERSAL

Contrairement au classicisme, qui restera essentiellement français, le baroque est un mouvement de dimension européenne et s'illustre dans tous les arts. À Rome, la place Navona, les colonnades de la place Saint-Pierre ou encore la basilique Saint-Pierre constituent quelques-uns des plus beaux exemples d'architecture baroque. En peinture, citons par exemple *L'Érection de la Croix* (1610-1611) et *La Descente de Croix* (1612-1614, deux œuvres monumentales peintes par le Flamand Pierre Paul Rubens (1577-1640) pour la cathédrale Notre-Dame d'Anvers. Quant à la sculpture, le baroque trouve son meilleur représentant en Gian Lorenzo Bernini (1598-1680), dit le Bernin. Mais cette esthétique définit également, en Allemagne, la musique de Johann Sebastian Bach (1685-1750), par exemple. Protéiforme, ce mouvement connaît par ailleurs différentes variantes locales.

En ce qui concerne la littérature, le baroque n'a pas partout souffert de l'ostracisme dont il a fait l'objet en France. En Espagne, par exemple, le dramaturge Pedro Calderón de la Barca (1600-16841), le poète Luis de Góngora y Argote (1561-1627) et le romancier Miguel de Cervantès (1547-1616), l'auteur du célèbre *Don Quichotte* (1605-1615), comptent parmi les plus grands de la littérature nationale. Citons également, pour l'Angleterre, William Shakespeare (1564-1616), monument de la littérature mondiale. De plus, si l'on peut limiter le baroque français à la première moitié du XVIIe siècle, le baroque européen a quant à lui perduré jusqu'à la première moitié du XVIIIe siècle.

LE BAROQUE FRANÇAIS, UNE AFFAIRE DE POÉSIE ?

Le baroque français est tout d'abord une affaire de poésie. Et dans ce domaine, le fondateur de ce style est sans conteste Agrippa d'Aubigné (1552-1630) avec *Les Tragiques* (1616), un recueil dans lequel il dénonce les guerres de religion grâce à des images violentes. Au même moment, François de Malherbe édicte une véritable doctrine poétique orientant la poésie vers une sobriété toute classique (emploi d'un vocabulaire courant et non provincial, césure à l'hémistiche, rimes rigoureuses et usage modéré des figures rhétoriques). S'il a des disciples, certains poètes rejettent toutefois ses règles strictes, s'engouffrant dans la voie inaugurée par Agrippa d'Aubigné : Mathurin Régnier (1573-1613), Théophile de Viau, Saint-Amant ou encore Tristan L'Hermite (vers 1601-1655) pratiquent une poésie libre et lyrique, parfois même burlesque ou précieuse. Aussi a-t-on parfois redécouvert, plus tard, des œuvres baroques passées inaperçues à l'époque, comme les *Stances et Sonnets sur la mort* (1587) de Jean de Sponde (1557-1595).

Si la poésie est le genre prédominant de la littérature baroque, il n'existe pas moins des pièces de théâtre baroques, comme *Pyrame et Thisbé* (1621), de Théophile de Viau, ou encore *L'Illusion comique* (1636) et *Le Cid* (1637), de Pierre Corneille. La première représentation de cette pièce, exemple le plus probant de tragi-comédie, a suscité une véritable polémique : la querelle du *Cid*, opposant le public, enthousiaste, à l'Académie, furieuse de son non-respect des règles de la tragédie. C'est que la tragi-comédie foule aux pieds les unités de temps, de lieu et d'action que l'on retrouve dans toutes les pièces classiques. De plus, avec son mélange des genres tragique et comique, elle est typiquement baroque : si le classicisme cloisonne les genres, l'esthétique baroque se plaît, quant à elle, à marier les opposés.

Quant au roman baroque, il n'y en a à proprement parler qu'un seul : il s'agit du *Page disgracié* (1643) de Tristan l'Hermite, un roman-mémoires mettant en scène la jeunesse de l'auteur qui, à 13 ans, a tué un homme en duel et a dû fuir pour échapper à la justice. En réalité, la prose est plutôt l'affaire des genres concomitants au baroque : la préciosité et le burlesque. Les salons précieux donnent naissance à des romans-fleuves, comme *L'Astrée* (1607-1628), d'Honoré d'Urfé (1567-1625), et *Artamène ou le Grand Cyrus* (1649-1653), de Madeleine de Scudéry. Ces romans, dont l'intrigue prend place dans l'Antiquité, n'ont aucune véracité historique, mais sont révélateurs de la psychologie et de l'état d'esprit des lettrés du XVIIe siècle. L'autre grande activité des salons précieux est la littérature galante, qui regroupe des sous-genres poétiques de circonstance : poèmes sur l'un ou l'autre membre de l'assemblée, énigmes ou devinettes (poèmes dont on doit deviner le sujet, genre à la mode à l'époque), etc. Il existe même un recueil de poèmes, *La Guirlande de Julie* (1729), dont chacun des textes, qui portent tous un nom de fleur ou de bouquet, célèbre une qualité de Julie d'Angennes (1607-1671), la fille de la marquise de Rambouillet.

Enfin, le burlesque s'illustre aussi bien dans des poèmes épiques parodiques, comme *Le Virgile travesti* (1648-1652), de Paul Scarron (1610-1660), que dans des romans tels que *La Vraie Histoire comique de Francion* (1622-1633), de Charles Sorel (1582-1674), *Le Roman comique* (1651-1657), de Paul Scarron, ou encore *Le Roman bourgeois* (1666), d'Antoine Furetière (1619-1688). C'est principalement par son mélange des genres – sujets graves et traits d'humour – que le burlesque se rattache au baroque.

LE RÈGNE DE L'INSTABILITÉ ET DE L'ILLUSION

Dans son anthologie *La Littérature de l'âge baroque en France. Circé et le Paon* (1953), le critique littéraire Jean Rousset (1910-2002) s'appuie sur l'histoire de l'art pour dégager quatre grandes caractéristiques de la littérature baroque en France.

- La première d'entre elles est l'instabilité. Là où le classicisme érige la mesure en idéal, le baroque recherche l'asymétrie et le déséquilibre. Ainsi, d'un point de vue stylistique, la poésie ne respecte pas la césure à l'hémistiche pour l'alexandrin, par exemple. Sur le plan thématique, l'heure est aux histoires complexes, riches en contradictions et en rebondissements, et l'on se soucie peu de la vraisemblance et du bon goût chers aux théoriciens classiques.

- La deuxième caractéristique du baroque, qui découle de la première, est le mouvement, d'où l'importance du thème de l'eau, notamment dans la poésie de Saint-Amant. Le langage lui-même est loin d'être figé : les précieuses créent ainsi de nombreux néologismes dont certains sont désormais passés dans le langage courant (« féliciter », « s'encanailler », « enthousiasmer », « bravoure », « anonyme », etc.).

- L'esthétique baroque apprécie également la métamorphose. En ce sens, les écrivains sont fortement influencés par Ovide (vers 43 av. J.-C.-18 apr. J.-C.), dont le recueil *Les Métamorphoses* met en scène des transformations extraordinaires sans cesse citées dans les poèmes baroques. D'ailleurs, Théophile de Viau emprunte au poète latin le sujet de sa pièce, *Pyrame et Thisbé*. Cet attrait pour le thème de la métamorphose explique aussi le goût des auteurs baroques pour la métaphore, qui substitue à un objet un autre censé le représenter. Les précieuses, en particulier, dans leur désir d'élever le langage, abusent de cette figure de style.

- Enfin, le baroque se distingue par la « domination du décor » (qu'il faut comprendre comme le décor factice du théâtre, par opposition à la réalité) et le règne de l'illusion. On s'intéresse alors aux faux-semblants, et quel art est plus à même de traduire cet intérêt que le théâtre, qui demande au public de croire que les acteurs sont les personnages fictifs qu'ils incarnent ? On trouve notamment un magnifique hommage à l'illusion théâtrale dans *L'Illusion comique* de Corneille, où un magicien consulté par un homme au sujet du sort de son fils disparu lui montre une pièce de théâtre dans laquelle ce dernier joue. Dans *Le Véritable Saint Genest* (1647) de Jean de Rotrou (1609-1650), un acteur interprétant un martyr chrétien se voit touché par la grâce et se convertit réellement. Au théâtre dans le théâtre répond le récit enchâssé dans les romans, comme c'est le cas dans *L'Astrée*, où chaque personnage secondaire interrompt le récit pour raconter ses propres déboires amoureux et exprimer sa philosophie sur l'amour. Le baroque est très friand des mises en abyme.

UN STYLE PARTICULIÈREMENT IMAGÉ

Lorsque Malherbe expose la théorie classique qui sera, selon Boileau, l'ultime règle à suivre pour écrire de bons poèmes, il travaille à la promotion d'une littérature claire et facilement compréhensible. « Ce qui se conçoit bien s'énonce clairement, et les mots pour le dire viennent aisément », explique Boileau dans son *Art poétique* (1674). Toutefois, ce n'est absolument pas le choix esthétique baroque.

Pour les écrivains de ce courant, au contraire, rien n'est clair. C'est pourquoi les figures de style abondent, en particulier les métaphores enchaînées, les personnifications et les antithèses. Ainsi, Mathurin

Régner, qui refuse de se rendre à la cour du roi, compare cette expédition à un voyage en mer : « Et sous un nouvel astre aller, nouveau pilote,/ Conduire en autre mer mon navire qui flotte/ Entre l'espoir du bien et la peur du danger/ De froisser mon attente en ce bord étranger. » (*Satire III*, vers 73-76) Saint-Amant et Théophile de Viau, dans leurs poèmes inspirés par la nature, font quant à eux du soleil ou de l'eau de véritables figures humaines : dans *Le Promenoir des deux amants*, Saint-Amant parle par exemple des flots « lassés de l'exercice » qui « se reposent » dans un étang. Enfin, les antithèses comptent parmi les figures favorites des auteurs baroques, qui aiment mettre l'accent sur les contrastes, comme en témoigne d'ailleurs le mélange des genres. Corneille, dans *La Veuve*, enchaîne les pointes précieuses : « En vain nos inégalités/ M'avaient avantagé à mon désavantage », « Et son aveuglement par miracle fait voir », etc. En somme, à la mesure et à la clarté classiques, l'écriture baroque préfère l'excès et un langage peuplé d'images.

Mais il ne s'agit pas là du seul point de désaccord entre les deux mouvements : les poètes baroques s'opposent également aux règles rigoureuses de la versification. Théophile de Viau estime que la poésie doit venir naturellement, arguant que « la règle [lui] déplaît » et « [qu'il] veu[t] faire des vers qui ne soient pas contraints », tandis que Corneille interrompt les alexandrins du *Cid* au profit d'autres formes poétiques dans les monologues les plus poignants. La construction même des phrases se veut plus libre : on constate notamment, dans certains cas, l'absence de liens logiques et un goût pour l'accumulation.

Il existait déjà, dans l'Antiquité, une opposition entre la rhétorique atticiste, qui prônait la concision, et l'asianisme, qui préférait la profusion de longues phrases imagées. Or jésuites et jansénistes, qui détiennent le monopole de l'enseignement religieux au XVIIe siècle, se réclament chacun de l'une de ces deux écoles. Tandis que Blaise Pascal (1623-1662) et Jean Racine, auteurs classiques par excellence, ont fait leurs classes chez d'austères grammairiens jansénistes, de nombreux auteurs baroques ont suivi l'enseignement des jésuites, friands quant à eux de longues argumentations.

BAROQUE ET CLASSICISME, UN ANTAGONISME À NUANCER

L'antagonisme entre le baroque et le classicisme mérite toutefois d'être nuancé dans la mesure où même les théoriciens du vers classique, à l'instar de Malherbe ont commencé par des œuvres baroques. En outre, un auteur peut opter pour un style plus classique et utiliser une langue épurée tout en se rattachant au baroque par ses thèmes, l'inverse étant également vrai. C'est le cas de Phèdre, l'héroïne de Racine, qui expose son amour incestueux avec force contrastes (« Je le vis, je rougis, je pâlis à sa vue/ [...] Je sentis tout mon corps, et transir et brûler » ou encore « J'ai langui, j'ai séché, dans le feu, dans les larmes ») et exagérations lorsqu'elle éprouve pour la première fois un sentiment de jalousie (« Tout ce que j'ai souffert, mes craintes, mes transports/ La fureur de mes feux, l'horreur de mes remords/ Et d'un refus cruel l'insupportable injure/N'était qu'un faible essai du tourment que j'endure. »). Il n'empêche que, dès le début du XVIIe siècle, des querelles naissent entre les représentants des deux esthétiques, et les classiques n'hésitent pas à critiquer les œuvres non conformes aux règles classiques, même si celles-ci plaisent au public. L'exemple de la querelle du *Cid* est particulièrement significatif : Richelieu, en mésentente avec Corneille, demande à l'écrivain Georges de Scudéry (1601-1677) de démolir l'œuvre en citant, dans ses *Observations sur « le Cid »* (1637), tous les passages où elle contrevient aux règles classiques.

LE RAFFINEMENT PRÉCIEUX *VERSUS* LE VULGAIRE BURLESQUE

La préciosité, principalement pratiquée par des femmes, a la particularité de fuir la banalité dans un excès de raffinement. Il faut qu'en tout – dans son langage, dans ses sentiments, dans ses goûts –, la précieuse se distingue du commun des mortels. S'ensuit un vocabulaire ponctué de périphrases pour éviter les mots dont la réalité (par exemple le pot de chambre) ou la sonorité (comme « cocu ») sont jugées trop vulgaires. Mais non contentes de créer un nouveau langage, les précieuses s'engagent également dans des débats sans fin avec l'Académie au sujet de certains termes, dont la conjonction « car », que celle-ci entend supprimer du vocabulaire dans son désir d'assainir la langue française.

La préciosité revient également à une vision idéalisée et platonique de l'amour telle que la littérature courtoise du Moyen Âge l'avait imaginé : pour séduire l'objet de son affection, il faut gagner son estime, par exemple en lui offrant des poèmes. Les femmes, qui bien souvent n'ont aucun pouvoir de décision quand il s'agit de choisir leur époux, peuvent, dans les relations de salon, aspirer à plus d'égalité. Quel que soit le genre littéraire dans lequel s'exprime la préciosité, le thème est toujours le même : l'amour, analysé sous toutes ses coutures.

Les écrivains burlesques aiment, à l'inverse des précieuses, parler du trivial et du quotidien sur un ton plein d'humour. En France, le courant burlesque se traduit par un traitement très terre-à-terre de sujets pourtant élevés. Ainsi, *Le Virgile travesti* de Scarron n'est autre qu'une parodie de *L'Énéide* de Virgile (70-19 av. J.-C.) : l'auteur reprend des passages de l'œuvre du poète latin pour y ajouter des détails triviaux, dressant par exemple la liste des casseroles qu'emporte Énée lorsqu'il fuit Troie. Cette définition contemporaine du burlesque, assez étroite, n'a toutefois pas cours au XVIIe siècle : à l'époque, est burlesque tout ce qui cherche à faire rire grâce à une dissonance entre le sujet et son traitement. Par ailleurs, les écrivains burlesques ont souvent une caractéristique propre qui les distingue des autres auteurs : Cyrano de Bergerac (1619-1655), par exemple, penche plutôt pour la fantaisie, imaginant une *Histoire comique des États et Empires du Soleil* (1662), alors que Furetière, dans son *Roman bourgeois*, décrit le monde judiciaire bourgeois avec un réalisme qui annonce déjà Honoré de Balzac (1799-1850).

HONORÉ D'URFÉ ET LE ROMAN PRÉCIEUX

Honoré d'Urfé, né en 1567, a une vie presque aussi romanesque que celle des personnages de son roman, *L'Astrée*. Amoureux de la femme de son frère, Diane de Châteaumorand, on l'écarte de la famille et il devient chevalier de Malte. Mais lorsqu'il est fait prisonnier en 1595, c'est Diane qui paie sa rançon. Elle quitte alors son mari tandis qu'Honoré d'Urfé abandonne les ordres, et ils se marient en 1600. En 1613, ils se séparent à l'amiable, mais ils finiront par se réconcilier. À cette époque, l'écrivain voyage beaucoup, notamment à l'occasion de campagnes militaires. Entre sa vie militaire et ses amours tumultueuses, il consacre son temps libre à l'écriture de *L'Astrée*, qu'il publie en plusieurs parties entre 1607 et 1625.

Ce roman pastoral de plus de 5000 pages a pour fil rouge l'histoire d'amour entre Céladon et Astrée, thème précieux par excellence. Ces deux bergers qui vivent dans une Gaule du Ve siècle fortement idéalisée (et qui doit plus aux souvenirs qu'Honoré d'Urfé a de son Forez natal qu'à la réalité historique) se disputent, la jeune femme croyant son amant infidèle. Céladon fait alors une tentative de suicide et Astrée le croit mort. Mais en réalité, il survit et se travestit pour se rapprocher de sa bien-aimée – on retrouve ici le thème de la métamorphose cher à l'esthétique baroque – et tenter de découvrir si elle l'a pardonné. Toutefois, ce récit n'est qu'un cadre : Céladon et Astrée rencontrent au gré de leurs aventures des bergers qui leur exposent leurs déboires amoureux et leur propre vision de l'amour, dans des discussions qui ne sont pas sans évoquer celles des précieuses dans les salons.

La prose de *L'Astrée* est constituée de phrases longues et complexes qui rendent le roman difficile à lire aujourd'hui et l'opposent en tous points à la clarté prônée par le classicisme. Mais au XVIIe siècle, cette œuvre était connue de tous. Antoine Furetière montre d'ailleurs de manière satirique dans son *Roman bourgeois* le charme que ce roman exerce sur une jeune fille impressionnable : celle-ci rejoue *L'Astrée* avec un prétendant qui laisse le livre et les répliques de Céladon la séduire à sa place. Par ailleurs, ce récit a joué un rôle majeur dans l'orientation du roman français vers la veine psychologique.

THÉOPHILE DE VIAU, LE POÈTE INSPIRÉ

Né en Aquitaine dans une famille protestante en 1590, Théophile de Viau intègre dès son arrivée à Paris les cercles libertins dont fait également partie Saint-Amant. Sa vie est mouvementée : ses idées radicales et ses mœurs dissolues (on le soupçonne d'homosexualité) le font frapper de bannissement en 1619. Réhabilité grâce à la protection d'un noble, il est de nouveau accusé d'impiété et condamné à être brûlé vif en 1623. Il s'enfuit aussitôt et est arrêté alors qu'il tente de se rendre en Angleterre. Profondément affecté par les privations dues à son emprisonnement deux ans durant à la Conciergerie, il meurt en 1626, un an après sa libération.

Il est surtout connu pour ses recueils de poèmes – ses *Œuvres poétiques* sont publiées en 1621 – et sa tragédie pastorale *Pyrame et Thisbé* (1621), qui lui vaut la reconnaissance du public. Celle-ci rapporte les amours contrariées des héros, fort similaires à celles de Roméo et Juliette. Dans ses poèmes, il refuse les règles strictes, préférant suivre son instinct naturel. Mais loin de rejeter toute forme de versification, il préfère simplement se laisser porter par l'inspiration, quitte à ce que ses rimes ne soient pas parfaites. Faisant de la nature l'un de ses thèmes de prédilection, il écrit sur les paysages forestiers, les moments de la journée ou encore les animaux.

En réalité, Théophile de Viau, incarnation du poète inspiré, fait le lien entre le groupe de la Pléiade, notamment Pierre de Ronsard (1524-1585), et la littérature baroque. Ses poèmes rappellent en effet la poésie du XVIe siècle, amatrice d'images et de tournures de phrases complexes, et font de nombreuses références à l'Antiquité. Même si Boileau le considère comme une aberration dans le panorama de la littérature française, Viau a tout à fait sa place dans la littérature européenne du XVIe siècle.

SAINT-AMANT ET LA VEINE HÉROÏ-COMIQUE

Comme Théophile de Viau, Marc Antoine de Saint-Amant est né dans une famille protestante en 1594. Fils de marin, il a énormément voyagé, ce qui explique qu'il ait été plus sensible au style baroque, dominant en Europe, qu'à l'esthétique classique, plus particulièrement française.

S'il se rapproche du courant burlesque, il préfère cependant traiter de sujets anodins sur un ton épique, ce qui le rattache plutôt au style héroï-comique, qui consiste à traiter un sujet banal, voire trivial, sur le même ton que, par exemple, une croisade. Au XVIIe siècle, on ne distingue pas ces deux formes de comique. Sa satire *La Rome ridicule* (1643) est particulièrement représentative de cet aspect de son œuvre. Libertin de mœurs et hédoniste à ses heures, Saint-Amant est également académicien.

À l'instar de Théophile de Viau, il écrit des poèmes (publiés dans un recueil d'*Œuvres* en 1629) dans lesquels il dépeint la nature. Mais il s'agit chez lui d'une nature sauvage et déchaînée, en adéquation avec son âme tourmentée. Dans son recueil intitulé *Les Caprices*, on ne trouve aucune unité, que ce soit du point de vue du ton, de la langue ou des sujets. En cela, il se rattache clairement à l'esthétique baroque. Saint-Amant fait par ailleurs volontiers appel au fantastique, et ses sorcières rappellent celles de *Macbeth* (vers 1605) de Shakespeare.

PIERRE CORNEILLE, ENTRE BAROQUE ET CLASSICISME

Né dans une famille bourgeoise en 1606, Pierre Corneille étudie le droit et devient avocat. Mais c'est la voie de la poésie et du théâtre qui a sa préférence et, en 1629, il commence sa carrière dramaturgique par une comédie, *Mélite* (1629), dont le succès est immédiat. Après avoir vu une pièce de Jean de Rotrou, il se lance dans la tragédie avec *Médée* (1635). Toutefois, la carrière de Corneille est jalonnée de pauses : sensible aux critiques, il s'arrête parfois d'écrire pendant plusieurs années, notamment suite à la querelle du *Cid*, qui l'amène à se concentrer pendant un temps sur les tragédies classiques. Le *Cid*, pour sa part, est typiquement baroque. Cette histoire d'un jeune homme, Rodrigue, obligé d'affronter en duel le père de sa bien-aimée parce que celui-ci a giflé son propre père, se termine bien, au contraire d'une tragédie. Le dilemme cornélien entre amour et honneur rappelle à la fois le goût de l'antithèse baroque et les débats précieux sur l'amour et l'estime qui doit le provoquer : en effet Chimène ne peut aimer Rodrigue s'il est le type d'homme à laisser son père être déshonoré sans réagir, mais elle ne peut accepter l'amour de l'assassin de son propre père. *L'Illusion comique*, mettant en scène le procédé du théâtre dans le théâtre, qui repose sur l'illusion, est tout aussi baroque.

La carrière de Corneille montre bien que les artistes de l'époque se cantonnent rarement à une seule esthétique. D'ailleurs, dans une préface du *Cid*, l'écrivain explique que, contrairement à ce qu'en dit l'Académie française, *Le Cid* respecte bien les règles classiques héritées d'Aristote (384-322 av. J.-C.), en particulier la nécessité de la catharsis et la création de personnages nuancés ; les idées d'unité et de vraisemblance si chères à ses contemporains ne sont arrivées que plus tard. Et on ne peut lui donner tort : les grands sujets des tragédies grecques ne sont autres que le matricide (*Oreste*), l'inceste (*Œdipe*), et l'infanticide (*Médée*). Rien, donc, qui corresponde au (bon) goût classique.

MADELEINE DE SCUDÉRY OU L'ART DE LA GALANTERIE

Hôtesse du salon le plus célèbre après l'hôtel de Rambouillet, Madeleine de Scudéry, née an 1607, y réunit bourgeois et gens de lettres. Son salon est plus littéraire que celui de la marquise de Rambouillet, et pour cause, puisqu'elle est l'auteure des romans de galanterie les plus célèbres de son temps. Le premier, *Le Grand Cyrus* (1649-1653), paraît d'ailleurs sous le nom de son frère, Georges de Scudéry.

Le Grand Cyrus et *Clélie* (1654-1660) comportent dix volumes chacun et ont pour cadre l'Antiquité. Mais en réalité, les habitués des salons peuvent reconnaître dans les personnages historiques évoqués Mme de Rambouillet, sa fille Julie, le poète Vincent Voiture, le Grand Condé (sous les traits du grand Cyrus), etc. Bref, les romans de

Madeleine de Scudéry offrent davantage un portrait de la société de son temps que de la Rome antique. On trouve par ailleurs dans *Clélie* un objet particulièrement représentatif de l'esprit des salons : la carte de Tendre, qui représente les différents états d'âme amoureux sur une carte que les amants doivent parcourir ensemble. Il s'agit là d'une des nombreuses métaphores sur l'amour sortie des salons précieux, qui apprécient également les parallèles entre l'amour et la guerre.

Si l'on déplore aujourd'hui la longueur des romans de Madeleine de Scudéry, à son époque, leur succès est indéniable : toute la bonne société parisienne reconnaît à l'écrivaine une finesse d'analyse et une précision de style remarquables. Aussi faut-il savoir que le classicisme ne fait véritablement son entrée dans le genre romanesque qu'avec *La Princesse de Clèves* (1678) de Mme de La Fayette (1634-1693). En effet, jusque-là, la brièveté et la sobriété classiques ne correspondent pas à la forme romanesque, alors bien plus longue qu'aujourd'hui.

PAUL SCARRON ET L'HUMOUR BURLESQUE

Né en 1610, Paul Scarron, qui fréquente, comme de nombreux poètes baroques, les cercles libertins, souffre d'une très mauvaise santé, à laquelle vient s'ajouter une paralysie des jambes, de la colonne et de la nuque qui lui vaut de recevoir une pension comme « malade de la reine ». Il semble dès lors prendre sa revanche sur le mauvais sort en produisant une littérature burlesque. En 1652, il épouse la future Mme de Maintenon qui, en plus d'être la petite-fille d'Agrippa d'Aubigné, sera la dernière maîtresse et femme de Louis XIV.

Il est l'auteur de comédies, comme *Jodelet ou le Maître valet* (1645), dont le titre annonce déjà l'amour des contraires, d'un *Recueil de vers burlesques* (1643), de *Virgile travesti* (1648) et du *Roman comique* (1651). Ce dernier raconte l'histoire d'une troupe de comédiens ambulants parmi lesquels se cachent deux jeunes gens de bonne famille, et met en scène des quiproquos à la manière des comédies de l'époque. Les personnages de ce roman sont devenus des types littéraires : le nain ridicule, le vieux comédien aigri, etc. *Le Virgile travesti* répond quant à lui à la mode des parodies de textes antiques : l'écrivain reprend *L'Énéide*, mais sur un mode humoristique. Il appelle notamment Didon « la grosse dondon » et lorsqu'elle veut retenir Énée près d'elle, ses lamentations sont loin de la délicatesse de Racine : « Et moi, sotte carogne aussi/ De m'être embéguinée ainsi/ D'un mangeur de poulet, un gendarme ! »

Toutefois, tous les écrivains burlesques n'intègrent pas la réalité prosaïque à la littérature : notons le côté fantaisiste de l'œuvre du véritable Cyrano de Bergerac, qui se sert de ses écrits précurseurs de la science-fiction pour s'interroger sur l'existence de Dieu et le système de la monarchie absolue. Ses textes contenant une critique acerbe du système monarchique en place, ils ne peuvent être publiés en France. Scarron se sert lui aussi de la littérature comme d'une arme politique : en 1651, il publie un pamphlet, *La Mazarinade*, contre un Mazarin aux prises avec la Fronde, qui le verra contraint de s'exiler.

RÉPERCUSSIONS

LE BAROQUE *VERSUS* LE GÉNIE FRANÇAIS

Le mouvement baroque se développe à l'échelle européenne, et il sera d'ailleurs bien plus influent et plus durable dans les autres pays qu'en France : songeons notamment à l'immense popularité de Shakespeare en Angleterre. De même, la préciosité française a également des équivalents (parfois des prédécesseurs) dans divers pays d'Europe : le marinisme (en Italie), l'euphuisme (en Angleterre), ou encore le gongorisme (en Espagne). Quant au burlesque, il fait des émules du côté de l'Italie.

En France, seule la vision classique de la littérature, c'est-à-dire l'idée d'un génie français concis et mesuré, est passée à la postérité : au moment de l'affaire Dreyfus, au tournant du XXe siècle, des écrivains de l'Action française, mouvement royaliste et nationaliste, s'en réclament encore. Cette vision est alors teintée de xénophobie, et privilégie une littérature typiquement française aux grands mouvements européens que sont le baroque et le romantisme. Lorsque Racine et consorts sont portés aux nues, c'est aux dépens des œuvres baroques, précieuses et burlesques, qui servent de repoussoir.

Pour autant, il ne faut pas attendre le XXe siècle pour que le baroque soit redécouvert. Les écrivains romantiques du XIXe siècle, à la recherche d'une littérature plus accessible à la sensibilité que ne l'est celle des Lumières, s'en réclament déjà, et la poésie de Saint-Amant, dépeignant des paysages naturels tourmentés, préfigure l'adéquation entre les états d'âme du poète romantique et le décor vers lequel se tournent ses pensées.

UNE PRÉCIOSITÉ QUI FAIT DES ÉMULES

Quant au mouvement précieux, il est, au XVIIe siècle déjà, raillé. En témoigne le triomphe des *Précieuses ridicules* (1659) de Molière (1622-1673). Ne faut-il pas voir là une certaine misogynie, ce courant étant dominé par des femmes ? Pour répondre à cette question, il convient de nuancer le propos : Molière dit se moquer des fausses précieuses de Province, et non de celles de Paris, dont on ne peut mettre le goût en doute. S'il est possible qu'il n'ait voulu par là que se prémunir du courroux de certaines femmes influentes, il est également vrai que l'on reconnaît, déjà à l'époque, la valeur de ces salons parisiens qui ont contribué à changer la conception de la littérature. Ainsi, c'est grâce aux salons que l'on passe peu à peu du modèle féodal, dans lequel l'écrivain est placé sous la protection d'un mécène et cherche avant tout à lui plaire, au modèle que nous connaissons encore et qui privilégie la reconnaissance du public, plus important depuis l'apparition de l'imprimerie. En effet, si, au XVIe siècle, l'écrivain humaniste est lu par quelques autres érudits, le XVIIe siècle voit naître un public de lecteurs mondains plus conséquent – même si l'on est encore loin de l'explosion à laquelle on assiste au XIXe siècle avec l'avancée de l'alphabétisation. Il faut dès lors plaire à la bonne société, et celle-ci discute longuement de la valeur des œuvres, créant son propre système d'appréciation. La littérature en tant que telle devient ainsi un sujet de discussion. Les nombreuses querelles qui jalonnent le siècle montrent d'ailleurs bien la nouvelle place qu'elle prend dans la société.

De plus, le premier roman moderne français, *La Princesse de Clèves* de Mme de Lafayette, est écrit dans un style concis classique, mais son sujet, l'amour, et surtout la description de ce sentiment dans ses moindres détails, est clairement hérité des salons précieux.

LE BURLESQUE, PRÉCURSEUR DES LUMIÈRES

Enfin, dans le paysage littéraire de l'époque, le burlesque tient une place à part, dans la mesure où, comme genre, ses délimitations sont quelque peu arbitraires. En effet, que faire d'un Molière faisant feu de tout bois pour faire rire son public ? Boileau a divisé l'œuvre du dramaturge entre les « hautes comédies », comme *Le Misanthrope* (1666), et les farces indignes, par exemple *Les Fourberies de Scapin* (1662). Or ses œuvres sont beaucoup plus contrastées : ainsi, on peut donner d'une même pièce, par exemple *Le Bourgeois gentilhomme* (1670), une représentation épurée classique ou en faire au contraire une comédie-ballet flamboyante dans la plus droite lignée baroque. L'humour est, aujourd'hui encore, en marge du monde littéraire et de ses honneurs.

Notons cependant l'appartenance de nombreux écrivains du courant burlesque aux cercles libertins – de mœurs ou d'esprit –, précurseurs de la philosophie des Lumières. On le remarque de manière plus frappante chez Cyrano de Bergerac, qui, publié soit à l'étranger, soit de manière posthume, remet en question le système de la monarchie absolue et l'existence de Dieu (ce qui a le même effet dans une monarchie dite « de droit divin »). Ce sont ces idées qui conduiront, plus d'un siècle plus tard, à la Révolution française.

- Le baroque désigne un mouvement artistique et littéraire européen qui voit le jour à la fin de la Renaissance. En France, il est surtout influent à la fin du XVIe siècle et dans la première moitié du XVIIe siècle. Mais le baroque en tant que courant littéraire français n'a été reconnu qu'au XXe siècle, pour désigner les auteurs du XVIIe siècle qui s'éloignaient de l'esthétique classique. Toutefois, en réalité, beaucoup d'écrivains, dont Corneille, sont à cheval entre les deux mouvements.

- Jean Rousset formule quatre caractéristiques du baroque : l'instabilité, le mouvement, la métamorphose, et la « domination du décor », c'est-à-dire de l'illusion.

- Le baroque en littérature française concerne surtout la poésie, mais l'on trouve également des pièces de théâtre baroques, notamment des tragi-comédies, dont le mélange des genres est typique de l'esthétique baroque. Quant au roman, il est surtout l'affaire des genres concomitants au baroque : la préciosité et le burlesque.

- La préciosité est une évolution du baroque née dans les salons tenus par les femmes nobles au début du XVIIe siècle. Il s'agit avant tout d'un courant galant, nourri des jeux savants et des discussions de salon. Le thème principal de cette littérature est l'amour, fortement idéalisé. Honoré d'Urfé et Madeleine de Scudéry sont les auteurs des romans les plus célèbres du courant à l'époque.

- À l'opposé, le courant burlesque tire le baroque vers la trivialité et l'humour. Les auteurs burlesques, dont Paul Scarron, écrivent principalement de longs poèmes parodiques et des romans. Par ailleurs, ils appartiennent souvent à des cercles libertins.

- Si le genre baroque a longtemps été décrié, on sent son influence dans l'avènement du roman psychologique, à la fin du XVIIe siècle, et Cyrano de Bergerac sera relu par les philosophes des Lumières. Enfin, le baroque a aussi été récupéré par les romantiques.

- Si le genre baroque a longtemps été décrié, on sent son influence dans l'avènement du roman psychologique, à la fin du XVIIe siècle, et Cyrano de Bergerac sera relu par les philosophes des Lumières. Enfin, le baroque a aussi été récupéré par les romantiques.

POUR ALLER PLUS LOIN

- ARON (Paul), SAINT-JACQUES (Denis) et VIALA (Alain), *Le Dictionnaire du littéraire*, Paris, PUF, 2002.
- COLLECTIF, *La Poésie baroque*, Paris, Gallimard, 2004.
- DE LIGNY (Cécile) et ROUSSELOT (Manuela), *La Littérature française*, Paris, Nathan, 2006.
- JULAUD (Jean-Joseph), *La Littérature française du Moyen Âge au XVIIIe siècle pour les nuls*, Paris, éditions First, 2008.
- LAGARDE (André) et MICHARD (Laurent), *Le XVIIe siècle*, Paris, Bordas, 1970.
- LE MENTHÉOUR (Rudy), *Baroque et Classicisme*, Paris, Flammarion, 2003.
- NARTEAU (Carole) et NOUAILHAC (Irène), *Littérature française. Le XVIIe siècle*, Paris, Librio, 2009.
- PEUREUX (Guillaume), *Le Burlesque*, Paris, Gallimard, 2007.
- PLAZENET (Laurence), *La Littérature baroque*, Paris, Seuil, 2000.
- ROJAT (Paul-Henry), *Littérature baroque et Littérature classique au XVIIe siècle*, Paris, ellipses, 1996.
- ROUSSET (Jean), *La Littérature de l'âge baroque en France. Circé et le Paon*, Paris, éditions José Corti, 1989.
- SOUILLER (Didier), *La Littérature baroque en Europe*, Paris, PUF, 1988.

www.50minutes.com

Éditeur responsable : Lemaitre Publishing
Rue Lemaitre 4 | BE-5000 Namur
info@lemaitre-editions.com

ISBN ebook : 978-2-8062-6201-1
ISBN papier : 978-2-8062-6202-8
Dépôt légal : D/2015/12603/33
Photo de couverture : © *Deux Satyres* (1618-1619), par Rubens.

Conception numérique : Primento,
le partenaire numérique des éditeurs